中国行吟诗人文库　第一辑

为蚂蚁让路

向吉英　著

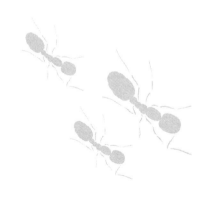

天津出版传媒集团
百花文艺出版社

图书在版编目（CIP）数据

为蚂蚁让路 / 向吉英著 . -- 天津：百花文艺出版社，2023.5

（中国行吟诗人文库）

ISBN 978-7-5306-8556-3

Ⅰ . ①为… Ⅱ . ①向… Ⅲ . ①诗集—中国—当代 Ⅳ . ① I227

中国国家版本馆 CIP 数据核字 (2023) 第 094656 号

为蚂蚁让路
WEI MAYI RANGLU
向吉英　著

出　版　人：薛印胜
责任编辑：赵世鑫
装帧设计：鸿儒文轩·末末美书
出版发行：百花文艺出版社
地址：天津市和平区西康路 35 号　　邮编：300051
电话传真：+86-22-23332651（发行部）
　　　　　+86-22-23332656（总编室）
　　　　　+86-22-23332478（邮购部）
网址：http://www.baihuawenyi.com
印刷：三河市华东印刷有限公司
开本：787 毫米×1092 毫米　1/32
字数：120 千字
印张：7.5
版次：2023 年 5 月第 1 版
印次：2023 年 5 月第 1 次印刷
定价：52.00 元

如有印装质量问题，请与三河市华东印刷有限公司联系调换
地址：三河市燕郊冶金路口南马起乏村西
电话：19931677990　邮编：065201

总序

行而吟，风光无限在远方

李立

书山有路勤为径。路有千万条，各有各的宽窄长短，各有各的平坦坎坷，各有各的气韵风范，各有各的荆棘繁花，各有各的痴情拥趸，各有各的天作归宿。

随着季节的更迭交替，路的心境也随之变幻，冬去春来，兴衰枯荣，岁月苍茫，梦呓不绝。

丰富多彩的因缘，成就了路的高深渊博。

诗歌的因子因此而腾空漫舞。

行，不一定是诗，却可分娩诗。能吟的诗，不仅是行吟诗。

风无处不在，只有流动了，才叫风。

大千世界，烟火人间，历久弥新的日月星辰，目之所及、诗意比比皆是，只有诗人将之挖掘、提炼、熔化、锻打、淬火、吟诵出来，才叫诗。

呐喊、呻吟、抽泣、嬉笑、追逐、情爱、春种秋收的生产活动，大自然的鬼斧神工、虫鸟舞蹈、电闪雷鸣，只要被诗人的灵感捕捉到，并赋予其灵动、灵气、灵性、灵魂，行吟诗歌便脱茧成蝶。

给心灵插上绚烂翅膀，使其欣然遥赴远方信约，在脚步无法到达的尽头蹁跹，万千姿态妖娆妩媚，抑或音色铿锵激昂，低吟浅唱间灿如星星闪烁的文字，光芒四射，照亮和温暖寂寥的长亭雨巷。

行是情怀，吟是才华。行吟是匠心独运、热忱赤诚，于天地万物之间采摘精华，雕琢成字字珠玑、睿智夺目的诗行。

只有站在高处的雪，如珠穆朗玛峰上的白色精灵，才能始终保持冰清玉洁、晶莹剔透。高处不胜寒，孤独和寂寞是雪的良师益友。

把雕琢文字视作生命的不懈追求，并为之挑灯夜战、奋斗不息、孜孜以求，方可书写出惊天地泣鬼神的旷世之作，这才是真诗人该有的崇高追求和态度。焚香沐浴，诚挚以待，善良和痛苦是诗人的笔与墨。

"语不惊人死不休"，这是诗人杜甫的态度，成就了草堂主人的苦难和幸运，亦是他传世不朽的千古谜底。血肉成灰，诗魂长存。

只有能抵达良知本真的人，才能抵达诗歌的远方。

水，无所不能。在汪洋大海可以汹涌澎湃，在大江大河可以欢歌，在水库湖泊可以妩媚多姿，即便是在高山峡谷处一个小小的坑洼里，内心也照样可以装下整个浩瀚的碧空。

行吟诗，确实神通广大。可以上天入地，可以博古通今，可以高亢激昂，可以喁喁私语，可以厉声痛斥，可以甜言蜜语，可以指点江山，可以吟诵烹饪，可以抽薹开花，可以枯萎凋零，可以披星戴月，可以苍茫辽阔，可以……

于不同的时间和地点，构筑起不一样的绚丽华章。

江山草木，流云走沙，天地腹语只要和诗人的灵魂结合在一起，行吟诗就有了生命。

戴着镣铐的脚步，套上枷锁的思想，所行所吟只会局限于方寸之间，犹如井底之蛙，无缘领略海阔天空的高远，了无风起云涌的境界，绝无行云流水的格局。欠缺鹰的高度、眸光、翅膀和雄心，满眼就只有麻雀的世界。

行而吟之，诗如其人，给岁月雕琢一副性格鲜明的背影。如本诗丛诗人刘起伦的沉博绝丽，田禾的匠心独具，蒋雪峰的独有千秋，罗鹿鸣的自成一家，汪抒的翻空出奇，向吉英的清新明丽，张国安的含蓄隽永，肖志远的婉约细腻，无不跃然纸上，过目难忘。

大自然是行吟诗歌的温床。行而吟，风光无限在远方。

2022 年 8 月 8 日于深圳

第一辑　寄山水

002 ⋯ 游仙湖

003 ⋯ 再游仙湖

004 ⋯ 好汉坡

005 ⋯ 王村

006 ⋯ 宏村

007 ⋯ 老司城遗址

008 ⋯ 天门洞

009 ⋯ 金鞭溪

010 ⋯ 我像一个脚夫穿行在湘西的崇山峻岭

012 ⋯ 山总是缄默

013 ⋯ 我常常把我一个人放在山顶

014 ⋯ 这路我重走一遍

015 ⋯ 影子喧哗

016 ⋯ 背负

017 ⋯ 山顶

018 ⋯ 寻石

020 ⋯ 问石

021 ⋯ 陷入密林

023 ⋯ 乐曲

024 ⋯ 石阶

025 ⋯ 很多人来过又去了

026 ⋯ 潮州辞

030 ⋯ 窗外

031 ⋯ 看着夏天把晌午的路拉长

032 ⋯ 我打算以何种方式进入你

033 ⋯ 榕树给我留个位置

034 ⋯ 阳光照在脸上

035 ⋯ 春风十里

036 ⋯ 春天会抹去伤痛

037 ⋯ 为蚂蚁让路

038 ⋯ 坐上与车行方向相反的座位

039 ··· 与有四个老婆的人邻坐

040 ··· 在中东的沙漠里看日落

042 ··· 曾经燃起过火焰

044 ··· 欧洲小镇

045 ··· 钓鱼

046 ··· 观棋不语

047 ··· 校园

048 ··· 蓬竹

第二辑　自画像

050 ··· 贺卡

051 ··· 冬日闲话

052 ··· 我给女儿打下手

053 ··· 接机

055 ··· 生日自画像

057 ··· 不经意间

058 ··· 体检

060 ··· 再见

062 ··· 仪式

064 ··· 药酒

065 ··· 日常

067 ··· 岁月

068 ··· 上课路上

070 ··· 近视老花眼

071 ··· 痴呆测试

072 ··· 过敏

073 ··· 儿时记忆

074 ··· 影子

075 ··· 别

076 ··· 园丁赋

077 ··· 我的体内住着一头狮子

第三辑　叹流逝

080 ··· 辞旧辞

081 ··· 问好元旦

083 ··· 无题

084 ··· 七夕

085 ··· 清明扫墓

086 ··· 清明雨

087 ··· 清明夜

088 ⋯ 2020 年的清明

089 ⋯ 立冬

090 ⋯ 冬至

091 ⋯ 秋后

092 ⋯ 中元节的月亮

093 ⋯ 时间

094 ⋯ 落叶

095 ⋯ 穿过历史的黑洞

096 ⋯ 端午的虚拟现实

097 ⋯ 粽子

098 ⋯ 龙舟

099 ⋯ 中秋思

100 ⋯ 回应

101 ⋯ 父亲

104 ⋯ 冬日读书

105 ⋯ 南方的冬天

106 ⋯ 立春

107 ⋯ 严寒记

108 ⋯ 102 室及其他

110 ⋯ 金陵苑 229 号

112 ⋯ 明月追人

114 ⋯ 雪

115 ⋯ 下雪

116 ⋯ 夜雨

117 ⋯ 下雨

118 ⋯ 隐没于彩虹

119 ⋯ 洪涝

120 ⋯ 暴雨

121 ⋯ 雨抽打着人间

122 ⋯ 绕梦捎带

第四辑　看人间

126 ⋯ 丰碑

128 ⋯ 我仿佛失去了意识

129 ⋯ 致敬袁隆平

131 ⋯ 悼袁隆平

132 ⋯ 悼屈原

134 ⋯ 月饼

135 ⋯ 山龙

136 ⋯ 致敬卡夫卡

137 ⋯ 元宇宙与电竞

138 ··· 长春花

139 ··· 解构

140 ··· 马太效应

141 ··· 非洲大蜗牛

142 ··· 课外班取消以后

144 ··· 一棵树

145 ··· 我踩死了一只蟑螂

147 ··· 鬼

148 ··· 打扫落叶的环卫工人

149 ··· 林木有序

150 ··· 人约黄昏

151 ··· 蝴蝶

152 ··· 睡眠

153 ··· 听天文学家聊天

154 ··· 太阳和月亮

155 ··· 窗

156 ··· 大闸蟹

157 ··· 倾听

158 ··· 旋转餐厅

159 ··· 星巴克

160 ··· 白毛猪，白羽鸡

161 ··· 全球变暖

162 ··· 旧石器时代

163 ··· 夹缝生存

164 ··· 牛斗

166 ··· 陶工坊

167 ··· 卡鲁卡鲁

169 ··· 乳齿象的灭绝

171 ··· 弃子

172 ··· 美好的事物

173 ··· 垃圾分类

174 ··· 最好的事情

175 ··· 道路问题

176 ··· 菩提

177 ··· 填志愿

178 ··· 今天要有阳光

180 ··· 说谎的人

181 ··· 力量

182 ··· 沉默

183 ··· 模特

184 ··· 安检

185 ··· 鸟语

186 ⋯ 鸟瞰

187 ⋯ 无题

188 ⋯ 春梦

189 ⋯ 风中的蜡烛

190 ⋯ 战争从未远去

191 ⋯ 花样滑冰

192 ⋯ 注意安全

193 ⋯ 锁链

194 ⋯ 修表人

195 ⋯ 放虎归山

196 ⋯ 猫眼

197 ⋯ 包饺子

198 ⋯ 4S 店

199 ⋯ 暮春落叶

200 ⋯ 母亲节

201 ⋯ 黏人草

202 ⋯ 石器时代

203 ⋯ 听钢琴曲《孤勇者》

204 ⋯ 练习吃土

205 ⋯ 谷雨

206 ⋯ 贝类

207 ⋯ 落花

208 ⋯ 柳树

209 ⋯ 太阳底下的事

210 ⋯ 晚霞中的白鹭

211 ⋯ 山路

212 ⋯ 石头

213 ⋯ 鸳鸯茉莉

214 ⋯ 困兽

216 ⋯ 但愿只是梦

217 ⋯ 桃花

218 ⋯ 困在春天里的人

219 ⋯ 血管接入水源

第一辑

寄山水

游仙湖

云融进了湖里，早到的月亮
孤零零等待在天际
鸟从东飞到西，又从西飞到东
树木静立，簕杜鹃放肆开放
湖水没有骨头，任由
鲫鱼们弄出褶皱
这些自由生物陷落于此
与仙人达成共识
时间流逝，如同
弘法寺的梵音从寺院溢出
信众熙攘而上，在大雄宝殿
点燃人间香火

再游仙湖

去年这个时候，在弘法寺
看到蓝天上一枚冷月踽踽独行
今天，在仙湖水面
一只白鸟把自己的影子投在水里
制造出一个同行者

好汉坡

七百多个台阶
一千多米的陡坡
人们汹涌着
接踵向山顶爬行

与好汉坡平行
泰山涧道更陡峭
三个穿环卫服的工人
挑着比自身大两倍的担子
晃晃悠悠下山

王村

一个王倒下了
一帘瀑布挂起来

在营盘溪，水草疯狂生长
千年古镇被逼到悬崖
眺望远去的酉水，总是喃喃自语
退到码头，与唐伯虎借月掬影
题写"楚蜀通津"
看一个王朝随水而逝

沿河栈道的石板路上
一个老妇把落叶扫入畚箕，动作迟缓
背上背着背篓，眼里住着菩萨

宏村

进入夜，白天的明丽或斑驳

用一杯山水的雾气笼罩住

你坐在对面，风雨刚过

一切都是新的，新娘蒙起了盖头

从廊桥过去，钩沉起锚

那一叶小舟在心头打转

夕阳已尽，雏儿归家

溪里的洗菜人起身。回眸一笑处

炊烟袅袅

白墙暗影下，窗内灯火齐明

我们相隔一个南湖水，凝视中

我的一支颓笔

揭不开你的面纱

老司城遗址

跪下，两手着地

长满青苔的卵石近在眼前

我在老司城遗址摔了一跤

用惊吓的方式

触摸到先祖的遗物

这是一个雨后的下午

云雾缭绕在凤凰山上

灵溪河水在石磴板桥下急急涌过

河畔的渔船静静地等着

主城区的墙垣回望着四百年前的繁华

在议事厅前，一群旱鸭悠闲踱步觅食

衙署区残留的断石后面

几户人家隐在树林里

炊烟冒出来

像举起的几面旗帜

天门洞

这天空之镜
置于山顶。照流霞,照风云
也照历史和人心
鬼谷子正好衣冠,布下棋局
等待从镜中归来之人

有鹰盘旋于山腰
正抓住一个映象
从洞中飞过。另一只鹰
已落在山底

金鞭溪

那年，她濯足于山水

夕阳纷纷散落

土家山歌如狮子跃上黄狮寨

吊脚楼下，哭嫁的姐妹泪流成溪

溪水蜿蜒而来，溶化路途的顽石

两岸开出百合和龙虾花

万丈绝壁上的风化岩刚刚醒来

在这流金的山沟，白驹飞过

我像一个脚夫穿行在湘西的崇山峻岭

我像一个脚夫穿行在湘西的崇山峻岭

担子有点沉，不时要歇歇脚

在猛洞河王村借口水喝，翠翠拿出了茶叶

在凤凰借一个火把，照亮南方的古长城

与秦朝士兵拉家常，惦记里耶秦简的数目

与猎人同路上八面山，追赶野猪时火铳发出闪电般的光芒

在天门山露宿一晚，与鬼谷子下一盘棋

推算千年后的纵横捭阖

路上遇到赶场人，哥俩交换一下烟袋

抽一口地道的洛塔界草烟

老屋里的道场上锣鼓喧天，人影幢幢

道士们穿花嬉戏如同小儿玩羊子摆尾

在飞虎洞里与土匪头子结拜兄弟

抵抗第二把交椅和压寨夫人的诱惑

架上皮渡河上的竹筏远走西水

与放排人一起把竹木放下卯洞

在吊脚楼下听彭瞎子摆龙门阵
晒谷场上看姑娘们打九子鞭
在八部大神前跳茅古斯，咚咚喹和
莲花闹的尾音与峡谷里的布谷和鸣
再吼几嗓子，回应对面山头的人吆喝
我登上土家族的冲天楼
摘下几颗银河里的星星，做成灯笼
伴我在梦里穿行

山总是缄默

太阳落山了

我开始上山

等我下山时，夜鸟和野猫出来

此山如此幸运

这么多有温度的事物值守

满山的竹木一排排站立

把根深深地扎进山里

如行乞者抓住了路人的衣襟

除了太阳知道山的来历

亿万年来，这些生老病死的枯荣之物

只管一拨一拨来，又一拨一拨去

山总是缄默，自我孤独

我常常把我一个人放在山顶

我常常把我一个人放在山顶

然后在暗处尾随他

看他对天长叹，喃喃自语

好像在与天空中另一个人对话

他原地打转沉思的样子实在好笑

如果白云后面有神出没

一定会停一下

随着他的目光向远处望去

山峦起伏，山色被雾气调色

天黑前他下山

所有来过此山的人的影子

包围着他，沉重而惶恐

我赶快把他收回来放在体内

于餐桌前一起吃饭

这路我重走一遍

秋风萧瑟，重阳节已过，我去登山
路边林木肃立，像刚卸妆下台的演员
它们的繁盛被秋风吹掉
那些鲜艳过的树叶和花瓣
归于尘土，等待再一次轮回
蚂蚁搬运物品，从树顶向树根迁移
忙忙碌碌的脚步只是时间的过客
松鼠在树枝间跳跃，惶恐地回望
它并不肥硕的身体，与秋季不相适应
一只蝴蝶累了，在石凳上翕动翅膀
如同一个走失的老人，诉说着往事
影子都在长，万物单调而重复
路向上也可以向下，桂花开在隐秘处
为了闻到桂花香，这路我重走一遍

影子喧哗

写字楼里累了一天

白领们来到翠竹山公园

有的跑步，有的慢走

路灯下，络绎不绝的人

把山腰的路连接起来

他们的影子重叠又分开

一时拉长，一时缩小

像一群古怪的精灵

十一点后路灯熄灭

人们回家睡觉

影子留了下来，它们抱团坐下

促膝长谈

这个时候仔细听，满山都是

影子喧哗

背负

公园的竹子扎堆在一起
过往的游人有的停了下来
他们用刀片在竹子的身上
刻字，光滑的身子留下了
诸如"冬梅我爱你""晓琳我喜欢你"
这些爱的誓词和表白
勒进竹的骨子里，流进了血液
多年以后
竹林茂盛，每棵刻有字的竹子
像一个个满脸沧桑的母亲
在放大和变形的字体下
背负着沉重的爱

山顶

登上山顶
回头看山下，尽是人间喧嚣和繁华
远处的弘法寺似有空音传来
鸟刚飞离，树梢留下微微颤抖

山顶空气清新，扫地僧把落叶归拢
扫帚经过处，地面干净出来
一收一放的招式，如同万物循环
天暗下来，我再下山
落叶重铺地面

寻石

千年前的一天
屈原抱着一块石头投江
于是忧国忧君的种子
散落在历史长河
投江画出的巨大问号
因为石头而沉重

那年我沿着汨罗江
沿着湘资沅澧
寻找这块石头
发现草木为高洁之物
石头多嶙峋怪异
不宜怀揣身上

现在，我在翠竹山
踩着石阶攀爬

这些石块铺成的路

通天而去

除了压住草木

并无镌刻文字

问石

一块石头上刻了画
就如同小鸟长了翅膀
会轻盈起来
画的是仕女图
又多了一份韵味
我在翠竹山顶的亭子里
看石刻里的美女
她们抚琴、对弈、写字、画画
面容姣好，怡然自得

皓月当空时，银辉笼罩下
周遭只有虫鸣
无秀才投宿问路
这些淑女，请问可否
让我参与吟诗作对

陷入密林

天地开阔

阳光在白云上建筑行宫

有神巡游天际

御驾如一匹马，或如一只狗

刚刚跑起来就变幻踪影

这是神的世界

人间如密林

布置了诸多机关

藤蔓缠绕着树，树伸向蓝天

神飞过时它就点点头摇晃起来

于是，密林变成一段神谕

溪水潺潺从石板滑过

泄露的句子，闪耀着光辉

而鸟的求爱声嘶力竭

在树木的狭缝里寻找出路

我陷入密林

沉迷于各种故事

一大堆蚂蚁忙碌着各自的目的

有的扒拉草尖，有的埋头走路

我躺在树叶铺就的地上

被蚂蚁搬运着

给神去献祭

乐曲

晨练的路上
一排排树木站在沿途
阳光从树枝上透过来
形成黑白相间的琴键
我踩在这些琴键上
快跑，是摇滚
慢走，是古典

石阶

从石阶往下走

仿佛从天上下凡

一级一级石头铺成的路

如同写成的一行行诗

每个字都是石头做的

从上往下读

就会进入我们的尘世

很多人来过又去了

周末，东湖公园

菊花盛开，一簇簇，一堆堆

无所顾忌地裸露美

红色的、黄色的、紫色的，展示着本色

白鹭排成排，留守在沙洲

互相沉默，语言藏在翅膀边缘

世界的秩序还包括蓝天

鳞状的白云铺开，宇宙像一条鱼

这个蓝天下，很多人来过又去了

看啊，喊叫的、奔跑的、放风筝的

使劲地活着

潮州辞

1.安济桥

桥墩、闲亭、浮船
连接起来，变成一排梳子
韩江水
被安济桥梳理后
温顺婉约，如同
潮汕女人

2.石牌坊

石头不说话
用骨骼发出声音
节义、功德、科第
勒进潮州的烟火里

在撑开的街道上

人们仰望而行

旁边，新潮牛肉火锅的霓虹

又把视线牵回现实

3.韩文公祠

流落荒野

抓鳄鱼，治愚昧

文章一旦深入草根

就会燃烧起来

唐宋八大家的首位

搬到韩山摆放

一群学生在山下写生

其中的公字用华彩体描出

4.饶宗颐学术馆

在这里可以听古琴，赏字画

与甲骨文和出土器物合影

沿着深刻的脚印

可以跨五洲，走乡野

看先生的一副圆框眼镜

透射出的五彩斑斓

还可以扶着先生瘦弱的身形

从南边撑起汉文化的脊梁

荷花与少年

不必出污泥

有浅浅一湾清水。邻里豆荚饱满，苦瓜花清香

彩蝶飞来飞去，着落处，进入金粉世家

含苞待放的不止白衣少女

还有天上游弋的云

云落耕读室

少年正坐，梦放在月亮里储存

院子布置了树和阳光，流水响在窗口

西厢房里，一个故事已经发生

从国画里看去

还需一个老者

有人准备好了，正在来的路上

窗外

车行驶在哈尔滨大街上
车轮亲近着黑色的土地
连风都是肥沃的
带着一种种子发芽的气息
所到之处繁花盛开
蓝天上的白云也怀孕了
俯看着怀中的土地
你把握住方向盘，谈到
东北往事的时候
我正望向窗外

看着夏天把晌午的路拉长

与蝉鸣同坐树下，无风，狗吐出舌头
见路人从房前过，脚步轻佻
只瞥一眼，不冲上去咬一口
此时荷花艳丽，荷叶累得垂头近水
云朵簇拥云朵，酝酿一场爱恋
水塘里泥鳅钻洞，细鱼摆尾旁观
蚕子伏于水中，睡了过去
一头滚泥的水牛，懒懒地甩一下尾巴
正午时分，我赶往故乡
看着夏天把晌午的路拉长

我打算以何种方式进入你

满山涂抹了新的嫩色

太阳在溪水里摇曳着镜子

晃过我眼睛的流霞碎了一地

面对如此春光山色

我打算以何种方式进入你

如同面对一本打开的书

一位慵懒的美人

一段跌宕的历史

我的血液倒流

从晕眩中寻找来路

把握一根手杖或者一把钥匙

不能辜负上天的馈赠

榕树给我留个位置

春天的雨水已打磨光滑

把自己扎进泥土中，与蚯蚓为伴

在地里营造沟渠

或者宫殿

所有的梦都可以生长，只要有一丘田

一把锄头，一副斗笠和蓑衣

风也受孕了

在田埂上和菜地里寻找产床

蜂和蝶不分青红皂白，只走明亮的路

随手撒下的荷尔蒙

让五月绚丽起来

于是我早早起床，奔向原野

告诉拥挤的榕树

给我留个位置

阳光照在脸上

这个角度正好

把窗户打开，昨夜的梦依次而出

头上插了野花的美人依门轻立

看你整理桌上的日子

阳光从树上下来，在你脸上逗留

恍若她的手拂过记忆

一时试图抓住，却散乱了

满墙的生活

外面，有路人从远方来

满身笼罩阳光，步履匆匆里

像抓住了一只白狐

春风十里

驾驭十里江山就够了
在这里种茶，种莲藕
修筑水坝，只为水静取月
建亭子，立一块石碑
上面书写篆体文字当指路牌
置两条石凳供行人歇脚
可以卖凉茶，不添加糖
当然，路边插有杨柳，柳丝梳成细雨
薰衣草连片开在田间，没有疏漏
蜜蜂和蝴蝶肆意翻滚
此时，我打马巡游，手搭凉棚
只等你来

春天会抹去伤痛

嫩芽从枯萎的草尖冒出来

蝌蚪胆怯地跃出田埂

去年被台风肆虐的山里

东倒西伏的林木昂起了头

枝叶疯狂伸展

填补相互间的稀疏

如同人间遭遇了浩劫

过了一代人后

伤痛都被忘记

只有一些人

像那棵拦腰折断的树一样

光秃秃地矗立着

为蚂蚁让路

早上起来去向山顶

迎接太阳的光临

狭窄的路上一队蚂蚁迎面走来

浩浩荡荡，吹拉弹唱

酷似老家送葬的队伍

我侧过身子，低下头

为这些举行仪式的生灵让路

光影斑驳，每一条明亮的线条都有来处

小花开在路边

用它弱小的花瓣亲吻过路者

如果摘一片放在嘴里

有来自人间的烟火味

我不敢对抗这些低微之物

如同尘埃最终要与泥土和解

坐上与车行方向相反的座位

广阔的良田，良田里面饱满的庄稼

葱茏的树，树上歇息着的各种鸟

孤独的房舍，房檐露出的暖色

一排排电线杆，铁路边的围栏

坐上与车行方向相反的座位

我看到清晰的世界往后退

是我在后退还是世界在后退

对于中年以后的我

有时分辨不清

我只沉迷于眼前的风景

却忘了这是在旅行

与有四个老婆的人邻坐

在迪拜哈利法塔旁边的咖啡馆里
坐在我邻桌的穆斯林老兄
一身白袍，气定神闲
四个老婆围绕着他
她们穿着黑袍，黑纱蒙面
眼睛骨碌碌转动，看起来都是美人
那个最小的
可能只有二十多岁，感觉发育不良
黑袍里没有小鹿跑动
是一片寂静的荒原。这位老兄
他手指粗壮、黝黑
像烈火燃尽后留下的老树根
那些沙漠里的篝火，仍然燃烧在
老兄的眼睛里，警觉着四周的敌人
他带着家眷，游牧着人生
如同一束光亮，走在茫茫的黑夜里

在中东的沙漠里看日落

选一个高地，戴上墨镜
风从腋下流过，细沙依偎着脚踝
可以立着，也可以坐下来
眼睛追随夕阳向下移走
夕阳硕大，血红色舔舐着黄色沙漠
交接处一片红黄混沌

我是个孤独的人
飞机也是孤独的。一架架
向落日赴去
没有留下一点痕迹
在远处，波斯湾里船影绰绰
霍尔木兹海峡像一头巨兽
张开着大口
一切都静止下来。只有落日
在移动，在融化，在恢复

在中东的沙漠里

看落日一点点隐没

最后连同自己

让黑纱笼罩下来

曾经燃起过火焰

那年夏天，沿着塞纳河
寻找梵高的画室和他的落魄
默念爱斯梅拉达与卡西莫多的相遇

在巴黎圣母院的外墙边
绿树簇拥着早已慵懒的白云
从西面到达，这是一个西方世界
受难的耶稣和圣母的复活
指引君王们列队站好

雕花拱形石栏和众多门窗
隔离了世俗的喧嚣和欲望
站在原点，回归初始
从这里测量要到达的地方

每当塞纳河畔咖啡馆里出现骚动

二楼的钟声就会响起
声浪不断升高
席卷欧洲甚至整个世界

走进院内，风也会屏息
玫瑰花状的园窗正描摹天国
把太阳的光分成一束束丝带
围绕在信众身上

登上钟楼，看尽天下繁华
回转身，遭遇回眸
顿时，火焰
在巴黎圣母院燃起

欧洲小镇

在中国
有些地方仿造了
欧洲小镇
尖塔似的建筑，陡斜的屋顶
雪落下来站不住脚
鸽子在屋檐下飞腾

我坐在湖边的长椅上
想一些事情
人工湖倒影了尖顶
触到我的脚心
我的头联络了天空

如果旁边有一棵苹果树
我就会变成牛顿

钓鱼

炎热的午后

柳丝慢慢拂过，蝉鸣也累了

鱼塘的水光浅浅地眨眼

那条鱼无聊至极，拨弄着鱼饵

浮标上下扑腾，像掉进水里的蜻蜓

钓鱼线连接着的钓鱼人

眼睛血红，盯住水面

在双方没有发力之前

世界是如此平静

观棋不语

石磴两边，两个高手

下着一盘大棋

盘面黑白分明，像白天黑夜

对局人都在布置陷阱，罗织蛛网

黑白子只是工具

落在哪里

都有充分的理由

当烟火烧焦土地

一个个生灵移出地界

端坐石磴旁的小和尚

眼观棋局，不言不语

不远处的寺庙里

有梵音飘来

校园

有翠竹，有玉兰，百花繁茂
小径清幽，到处都是年轻人
孔子像立于草地，周围宽阔
手指前方
宛若有人问路
我放下背包，在旁边的椅子上坐下
一股清风吹来
把我捎上了周游列国的车

蓬竹

立于路边的蓬竹

并不为装饰风景

我每次路过

它不低头弯腰

风吹过时，会舒展翅膀

练习飞翔

它的枝叶向太阳生长

要触摸热和光亮

这一次，我看到

它在晚霞中燃烧起来

一团火光中

露出清晰的骨节

第二辑

自画像

贺卡

情人节到了

给妻子准备了一个小礼物

要留几个字，没找到合适的纸片

我翻开案头上

女儿给我的生日贺卡

背面有一片留白

周围是她画的花草

颜色鲜艳，渐次向中间淡去

这个空间刚好可以写满

三个字

冬日闲话

天气晴好，又是周末

宜叙旧。且万物慵懒

阳光趴在窗台

我们对坐，你不言语

只穿针引线，缝补夏天的残缺

头上发夹停了一只蝴蝶

正是昨夜梦里飞来

偶尔起身，惊动一丝轻风

宛若八月桂花开放

在这个冬日

放下所有书卷。看着你

类同环游世界

我给女儿打下手

疫情期间，女儿厨艺大增

假期回来要操办一次饭菜

购置了食材，准备各种原料搭配

让我捣蒜蓉，去虾线，切柠檬

做完这些后，我坐下来等候安排

看她忙碌的身影，仿佛见到小时候的她

在地板上捡起一根根我掉落的头发

匆匆放到垃圾桶里

然后跑过来扑在我的身上

这些神奇时光

让女儿越长越大

我越活越小

接机

脚步匆匆的人
如水涌出，流淌在到达大厅
我站在人群里，用老花眼和近视眼
相互交替观望
我等着一只鸟儿
带她归巢

她的翅膀是粉红色的
羽毛尚未丰满，翕动起来
噗嗒噗嗒响
阳光在上面努力镀金
即便掉下的碎屑
也星星一样闪烁

我准备好了好天气
和温暖的冬天，不需要大棉衣

英伦的寒气和西伯利亚的雪
只作为路途的装饰
准备好了美食
采集于早晨露珠下

我盯着机场到港信息牌
等着女儿
像鸟儿一样飞来

生日自画像

一照镜子，满头黑发哗哗变白

故乡的农历八月，芦花开放，稻谷归仓

少年骑在牛背上，数禾庄上长出的露珠

多年以后，这些露珠成为他晶莹的梦

远处山峦起伏

像极了他一辈子塑造的脊梁

如果把取景框继续放大

他竟然到了地球的背面

臆想着把地球举起来

而生活的压力如同地心引力

让这个日渐佝偻的老头

把身体往地面靠近

他看蚂蚁，听雨水打在小草上的呻吟

偶尔抬头向天上看去

正是圆月将满

他知道，月亮今天是他的

他允许月亮巡游天空

制造幸福的事情

不经意间

不经意间，就到了老年

我穿着老头衫，走进超市里的快剪发屋

里面已坐了一老头

年轻理发师正在打理他的头发

我无聊地排队等候，看他们与时间扭打

从他头上飘下夹着尘土的雪

落在水泥地上，稀稀落落地飘

如同他拥有的日子

在他身后纷纷滑落

如同半坡的芦花，在秋天里闲散

我对这些生发于凸凹不平上的事物

有过多的敏感和幻觉

正如此刻，它们报复性地

向我扑面而来

体检

年纪越大

体检的项目越多

在体检部的各个格子间

把身体的不同部位进行隔离

用内窥、透视和触摸的方式

找出嫌疑的部分

拍照成像的内部管道

街头巷尾的隐蔽处清晰可见

那些工作在黑暗中的伙伴

终于得以认识

当体检报告出来

一些指标突破边界

循规蹈矩的人生

开始出现裂缝

不安分的囚徒试图越狱

坚固的身体发生内讧

走进体检部

对身体各个部件进行检测

如同去教堂

进行一次忏悔

再见

再见到你，时光纷纷滑落

逶迤一地的故事

不知从哪里拾起

只好把分别的时段掐掉

续上你离开时的目光

那时，你青春年少

树林里充满诱惑

一瓶水打开，就看到你的透明

我们沿山路，走出婉约

上高楼，走出心跳

那时，明月高挂

我们看繁星的轨迹，看人生的无奈

现在，你把握了一杯酒

把激情之物压在唇下

此时无风，吹不开密封的语言

只好按顺序流程

我一饮而尽对你的思念

而往事，姗姗而来

佐以奔腾而下的火热

仪式

你们端来蛋糕

点上蜡烛，要我闭上眼睛许愿

时间要三十秒

这三十秒让我回到学生年代

留长发穿喇叭裤，抱着吉他歌唱

用自己装的收音机对着女生宿舍

打开最大音量

这三十秒让我看到你们的脸

看到青涩的苹果上泛着的亮光

我愿用四十五分钟的课时

与你们一起共享成长

你们即将毕业

学校的最后一课只是起点

还有更多的作业要完成

还有更多的社会大课要上

只希望你们幸福

生活充满仪式感

（注：为毕业班上最后一堂课，学生送上蛋糕和鲜花。）

药酒

因为太久不见

我准备好了一湾湖水

比李白的桃花潭更深

调以金色，你喜欢的那种

让阳光穿透水体

如我们穿过森林

梦幻之光描绘你的躯体

已选好枸杞和当归

采集了红豆

只等你来

我们浸泡进去

像两条水蛇

作为药引

日常

没有更多的词语描述这个现实
泥土黯淡，却生出鲜艳的花朵
正如我的丑陋，那些五官和肢体
并不如我愿

油盐在瓶子里睡了过去，每次醒来
是你在敲打生活的拖沓之后
绿萝垂下枝蔓，触及每一个梦境
那些梦里，我们化身蝴蝶

电视兀自走它的流程，时光被摁进遥控器里
逃逸出来的，落在头上，一层层
尘埃压着，变灰变白

我们变成雕塑吧，各自为政

历史断代越来越紧

亲爱的，我们去到哪里

岁月

头发剪短后，头更圆了
年纪越来越大
头越来越扁，脸越来越圆
身体上有棱角的地方不多了
只有那根脊梁
在逐渐弯曲中，时不时
在腰部或颈部刺出来
警醒着我

上课路上

杜果熟透，从树上自己脱落

人行道上，杜果味浓郁

混合着香甜和野性的气味

一堆女生叫一个男生的名字

看男生窘迫脸红的样子

然后她们哈哈大笑

我背着学究式的手往教学楼走

身后一阵风

把我身体中的一个我吹出

随着那些穿运动短裤的男孩

向前面跑去

我没及时阻止，他已经到了操场

我向天空望去

另一个我已骑在鸟背上

呼叫着同伴飞向密林

我放纵他们

我知道，等一会儿
我们会在课堂集合

近视老花眼

我看你们

要戴上近视眼镜

吃饭看书要摘下眼镜

我与书本食物之间

只隔着空气

我与你们

中间隔了一块玻璃

痴呆测试

年纪大了

记忆力不断减退

做个简单测试——

先把活跃在屏幕上的

影视明星面孔看一遍

几个知名演员的名字

倒是能想起来

再把领导的面孔

在大脑里幻灯一样

仔细过一遍

很多人的名字却叫不上来

——我大为惊恐

过敏

过了寻花问柳的年龄
对花粉已不敏感
可是一些暗藏的事物
还是让身体反应过头
——激情勃发出来
火一样燃烧

儿时记忆

一想到镰刀和锤子
房子就坚固起来

里面住着
革命者和抽草烟的人

一想到牛
手就温柔起来

汪了一泓秋水的眼里
晃动着骑行者和走读生

影子

藏在身体里面的影子

是另一个你

每当单一光源对着你时

他就大大咧咧地走出来拉着你

当多个光源照着你时

它就回到你身体里

当你离光源越来越远

它会铺一层绒毯在你的后方

与你共同走入黑暗

别

设置了场景。柳枝倒垂，微风习习
长亭里酒已温好。
只等骑马的你来，骑四匹马
我要在这里与你别过
夕阳正把灯笼送你

我仍在念叨，坐在风里
风把你卷成一个纸片，上下飘摇
有高人在天上，拉动绳索
让我们上演皮影戏
此时，正是《雨霖铃》

该起身了，河水流逝太多
我们站在中间
送走每一个日子

园丁赋

把《诗经》种在田亩

长出满地的青蒿莪蒿

芹菜的芬芳溢满垄沟

夫子躬耕南山

以礼乐为锄，仁义为耙

扶犁刨问天下

闲暇时，在河之洲有伊人招手

翠鸟翔于天际

炊烟深处此时饭菜已熟

等着归家

我的体内住着一头狮子

我的体内住着一头狮子

它睡着了，它做着梦

梦里奔跑在塞伦盖蒂草原

落日涂满金色，一个硕大的球

来自民国佛山的狮王争霸现场

它的梦抵在我的腰间

常常让我放下身段，低头走路

我路过荒原，路过屠宰场

无端地替它吼了几声

在夜深人静时，无月无光，我入梦后

体内的狮子跑出来

对着世界咆哮

第三辑

叹流逝

辞旧辞

旧年的最后一个晚上
在翠竹山公园遛弯
我看到我的影子
从我的前面，渐渐退到
我的后面

问好元旦

把每个日子编上号

并赋予它们意义

你好！元旦

太阳升起，群星隐去

我向山顶爬去，尽量升高这个星球

可我高不过树木，树木高不过山峰

我低吟狂啸，制造一点影响

可被风压住，被鸟声纠正

刚修好不久的道路，或被修改

或走的人少了重新长上荒草

蓝天真蓝啊，那些云去哪里了

在元旦，在山上，在风声里

树木无异样，蚂蚁仍在繁忙

我祈求地球稳定，人间安好

万物和谐

虽皆为微尘，如鸟飞过天际

如日子自元旦始

一切都有意义

无题

2020 年最后一天

气温降到最低点

卫星云图上冷锋前冲，舌头舔舐着

余下的南方

池塘里的黑天鹅扑腾腾戏耍

路边的三角梅扎堆怒放

石头一如既往地沉默

我从这些不知冷的事物旁经过

裹紧了衣服。它们不知道

寒潮来袭后，山川肃穆

冷了人间

七夕

有月亮。身披轻纱步履款款
有微风吹皱，漾出一池清光
玻璃栈道上布置彩虹
有人牵手天庭
吹箫、下棋、吟诵诗篇
此刻，下界热浪翻滚
牛郎卸下犁铧，牵牛于银河
牛饮时长叹一声
河水倒流，惊醒织女
他们的传说像一支支箭
射碎一些人的眸子
我拿出一壶酒，走到阳台
有流星向楼下坠落

清明扫墓

沿着那条山路，蜿蜒而行

有依山而筑的水井

渴了喝两口。山风习习

当作一个耳语者

青松已经长到覆盖白云的阴影了

茅草和月季刺往上面拥挤

父母是厚道人，一直都是忍让

退到这个山坡上

没人再来抢地盘

向远方看去，可看到大坳山的垭口

种黄豆和苞谷的土地

长满了青草

清明雨

清明时节多雨，下的是泪
这泪流在山野
变成盐碱地，长出的是高盐作物
吃一口会反胃，直把陈年旧事吐出
在每个土堆上，高高低低的墓碑旁
开出细碎的花

清明要去山野
那里的白天更明亮，夜晚更黑
黑得适合捉迷藏
黑得猫头鹰的眼睛喷出火
在黑白分明的地界，只隔一层土
这一天可以交换角色

清明夜

清明夜，月黑风高

沙滩上人影幢幢

白天的足迹已被抚平

海水压低气息

伸出的手慢慢从岸边退回

渔船点亮灯火，在海面上铺筑光路

波浪起伏

仿佛一只只神舟在抢渡天河

载满的魂灵随船体一起摇晃

去向海洋的深处——

那里是另一个世界

中间隔了一个轮回

2020 年的清明

今日清明

允许警报长鸣

允许驻足不跑

允许花开出白色

允许雨水轻轻落下

允许黑屏

允许点亮一盏灯

允许声如号啕

允许人心痛

立冬

打开微信朋友圈

白茫茫一片

那些飘飘洒洒随风而动的白物

覆盖住北纬三十度以上

而在温润的南方

太阳炙热，花朵仍在开放

除了昨晚梦见突然满头白发

这个隐喻般的日子

白色染不透江南

冬至

注定会有一场雪下
灰暗的旷野里，风在游荡
落叶不知所终。流水在天上集结
一切准备就绪

男人在房前劈柴，手举起
放下，举起放下
两只兔子交头接耳，密谋一场计划
牛躺在牛圈里，咀嚼永恒的真理

万物都在努力
从来路，从往生

秋后

那些春天开出繁花的植物

那些夏天整天鸣叫的飞虫

秋天来了以后，都将有个归宿

开花的将枯萎

发声的将失语

我们按同一方向转动经筒

把流水引向深渊

让所有孕妇谨慎安胎

在萧瑟的梧桐下

听历史讲述寒冷故事

中元节的月亮

中元节的月亮很圆很亮

里面站满了先人的魂魄

他们挤在月亮的边缘

借着月光

看准人间落脚的方位

飘飞而下

此时，人间忙作一团

路边烧纸，河里放灯

香案上摆上供品

人们依次磕头

只有几个男孩顽皮

他们爬上树枝，一起使劲

把挂在树梢上的月亮魂魄

摇落下来

时间

考场上
两个高大的老师
站在讲台上
像两座大山
把时间压得
喘不过气来

老师拿起鞭子
抽打着时间
它拖曳在地上的尾巴
被学生死死抓住

落叶

脱离母体，以一种飞翔的方式
在悠悠转转的行程中
有回头，也有执着
风，只是一个参与者
不仅用力推送分离，也
抚慰留下的伤口

在地上铺上一层红色或黄色
提前为白色进行铺垫
然后一起进入泥土
从根部再回到母体

穿过历史的黑洞

地铁在地下运行

如穿过历史的黑洞

每次停靠

都有一个历史事件发生

乘客见证历史

也被历史抛下

端午的虚拟现实

正值正午，阳光直射下来

一群泥鳅在打滚

夏潮涌动，芹菜芬芳

跳水的人独立许久

汗水干了又出

在脸上规划道路

鸦雀屏声，波涛平静

一切准备就绪

只等那个巨大的问号

在天地间——缓缓

一笔

粽子

来自山野

经风霜云雨浸染，日月塑形

一巴掌的面积

把千年历史裹紧

剥开来

不过嫩白、粉红、碧青、赤黑

不过母亲的叹息和小鸟的唠叨

不过七情六欲

都展开在中华的版图

剩下的那个人，甩甩衣袖

沿湘资沅澧

踽踽而行

龙舟

不能在天上飞

两头尖尖的木质结构

适合随水漂流

汨罗江上的木匠

锯开木板，定规矩

不用铁铆链接

用人心

把一个端午

伐动起来

中秋思

过中秋必须要有月亮

如同吃月饼需要佐以相思

小时候的月饼是豆沙的

个头很小，像落进井底的月亮

每次想吃月饼就去井边望望

盼母亲赶集早点回来

带回圆圆的油粑粑

小时候的月亮很大，天也很大

母亲的呼唤让月光长了脚

总能找到我，在草垛里，在梨树下

无月的中秋会特别黑

就像母亲现在住的地方

就像我没有母亲后

月光找不到方向

回应

有一个呼唤，二十年了
没有回应
去深山里找过，大喊几声后
只留下我自己的余音
河里的捶衣声已随流水走远
梦里常常出现的，是一堆默片
坟头的香火里，杜鹃缭绕不去
再找出几张旧照片来
阳光从树荫里挤出，紧闭的嘴唇
不发出一点声响

刚刚，万里外的女儿
向她妈妈问候母亲节快乐
一只雏鸟
鸣叫着飞离窗前

父亲

在我心中
他比母亲的地位要低
一生与泥土和草木为伴
除了几个儿女在敬拜他
没有谁会记得

在刚收割的稻谷场上
他把稻草铺在打谷机旁做成床被
我们守着没来得及运走的谷子
那夜的天空格外明净
星星在我头上滑行
月亮与我们一样，是守夜人
胆小的我，那夜竟然一点不怕鬼
不远处的河边，曾经溺水而亡的冤魂
都安静下来
只有虫鸣和蛙声应和着

我在静默中入睡

躺在稻草的清香和天河的流水里

读高中时，一天在教室外面

有人不断叫我的名字

我正在上课，同学们看着我

老师让我出去

我羞愧不已，抱怨他的大声

他不知道校园的规矩

他认为这是农田

他把我一个月食用的大米放下

匆匆离去

我没有留下他吃顿饭

我想起他通宵站在灯下的样子

那个五瓦灯泡发出的昏黄灯光

像他一样微弱

他用一千多度的近视眼睛

看我借来的《三国演义》和《水浒传》

那些英雄好汉从书中跳出来

与他彻夜交谈

他是个吃书的人，别人都这么叫他

他把书靠近眼睛，把嘴凑在上面

常常嚅动的嘴唇似乎在反刍书的味道

离开我们越远，他越清晰

近二十年了，与母亲一起

守护着后山的土地

我只有清明节或春节偶尔去看他们

他们身旁的松柏已经长高繁茂

在酷热的天气里可以乘凉

如果他们外出

母亲一定在做他的眼睛

今天，我家里做美食

想起了他身上的烟草味和泥土味

如果把他的一生当作食材

可以开一家土菜馆

冬日读书

进入书中

与书中人物攀谈

这是冬日上午，我坐在窗台上

书本打开，像一个入世者

阳光穿过窗棂

被温暖的文字跳跃起来

乒乒乓乓四处散落，溅起耀眼的星光

另外一些文字，始终冷漠

紧贴在读不懂的现世章节

南方的冬天

风声紧，树木黯淡

路上飘落竹叶和残花

翻卷着，滚动着

脚踏上去有哧哧声响

或默不作声

树叶并无枯黄，配合风声

做出萧瑟状

南方的冬天不适宜宏大叙事

一湾溪水，一垄田埂

鸦雀飞过去，不留痕迹

立春

天地还寒冷，放出去的信鸽仍没返回
有些花已经等不及了
它们抢先露出笑容，朝着太阳的方向
蝴蝶追寻而至
猫和壁虎顶着虎年的荣光
在路边布置场景
整个山野弥漫复苏的气息
我登上山顶，脱掉外衣
加入这群敏感者

严寒记

今日极寒

雨水从天外斜下于窗台

花草枯死

有人困于地窖，土豆发芽

山野静默，无任何讯息

我翻出旧年历

读无字之史

看那些滚动的头颅

沿战火的壕沟，垒成旗帜

在北方

雪下得很大

102 室及其他

十六年前的蛇口沿山路

有饲料气味从东边吹来

博物馆的墙壁上爬山虎疯狂布局

正如你在 102 室冥想着天下

此时距离午餐时间

还有两个小时

电脑屏幕上跳跃着理想，阳光

忽高忽低地闪现在窗外的树叶上

那时的房地产不是谈论的主题

你调整了视角，把倾斜的书桌扶正

102 室是一块荒地，可以种土豆

也可以用来放牧

你的马常常蜂拥而至

又无所顾忌地飞向天空

四个牧民来自各自的孤岛

在这里插上随风飘散的旗帜

（注：招商局博士后站初设在招商局历史博物馆，作者为第一届博士后四人之一。）

金陵苑 229 号

这是一栋楼一个房间的名字

楼下是人行道

从二楼的视角看过去

走过的都是俊男美女

他们大多流淌着华人血液

二十年前，我每天出入这个铁皮做的门

门前的走廊上悬挂了衣物

宣示着主人的领地

自我以后，住进这个房间的年轻人

他们懒散的神态，偶尔扶栏远眺

和我几多相似，那进进出出的影子

与我一定有某种关系

我们一起用时间这个工具

把铁门锈蚀，成为怀旧物件

某一天，这个房间的另一个主人

会像我一样站在楼下向房间眺望

他的头发已经斑白，铁门已经斑驳

他们之间有一面镜子，互相映照

也会像我一样去到真如路

对几十年不变的白千层树用力击打

树干仍然软绵绵

无声地把他反弹回来

（注：金陵苑229号是作者读博士时的住所。）

明月追人

月亮溜达出来，散漫地走
没有划定路线，因为天空足够大
星星退隐，留下它独自走路
有时好像走失了，一会儿又从云后冒出来
踽踽而行的样子，好像在沉思
面前的地球陀螺里，人间正飞奔而去
写《静夜思》和《春江花月夜》的人
被囚在月光里
装饰着历史旋转的册页

地球上人太多，扎堆在明晃晃的城市
月亮喜欢那些走散的人
例如在寂静的山野
一个人急急忙忙地赶路，忽隐忽现
好像要躲避月亮。月亮就追上他
剥开他的衣服，把月光注进去

他身体里的黑暗，瞬间被赶了出来

他变成一个通透的人

这时从天上看，一只月亮在地上急走

雪

一切准备就绪。小花萎在墙角
光秃秃的柿子树
卸下了昨夜的红灯笼
它打算孑然一身，赌命一条
雨水进行了最后的测试
滚落进干涸的池塘没有回音
屋檐下的老水牛像个哲人
反刍着春夏的历史
而稀疏的皮毛如同后山的枯草
只等着有人来点燃

我念叨着故乡的雪
南方的太阳正把红棉树烤红
北转西二十五度，有一片云
在急急往前走

下雪

应该用雪覆盖好

那些败叶、枯枝，露出一寸的禾茬

光秃的褐石，干涸杂乱的池塘

被光阴耽误的苔藓和野柿子

躲在小洞里的田鼠和泥鳅

当秋风无力，气压凝固之时

洁白是一个表态

正如我的颓废、退让、迷茫

一生中火炬的微弱之光

抗争，旋转的泥沼，假话和荣耀

失去沙砾的磨刀石，破损的犁铧

眼角上的皱纹，近视而颤抖的目光

让越来越白的雪下在头上

覆盖，洗白

最后走向虚无

夜雨

这满城的夜雨

敲击着白天留下的脚步

轻轻地，把脚步打软

如母亲击打年糕

如我握住你的手

如那扇窗户露出的光亮

在我心里一轮轮洇开

下雨

这些雨水，从哪里来
把自己从高高的天上砸下
每一滴都隐藏着一个秘密
就像地上的人沉默着
急匆匆赶往泥土里

隐没于彩虹

西边日落东边雨

我向东去

一架彩虹横在面前

模糊了天地界限

进入其中，有清气凉爽周身

抬眼望，天空空蒙

无彩色点染，只有雨脚

啪啪追来

我本是桃花源边上人

此时隐没于彩虹

如武陵渔人

找不到方向

洪涝

憋了很久的荷尔蒙

一旦释放出来

就会造成泛滥

在南方的大地上

游荡着一群群冤魂

他们沿着长江

集体齐声哭泣

暴雨

天彻底地漏了，那些灰黑的水

疯狂般灌进中原

在黄河两岸汹涌。有人泡在水中

无力地驾驭一只木盆

漩涡和暗流在周围密布

树木倾倒，房屋失去家的标记

宏大的文明史与个体一同流逝

向下游寻找停靠

如同那年我过家乡的河

洪水把我冲到下游对岸

紧紧抓住一把岸边的草根

才得以自救

雨抽打着人间

雨下得暴烈，世界一片茫然

雨落在玻璃幕墙上，落在瓦片上

乒乒乓乓地跳起来，紧追着逃跑的人

那些雨一排排竹篙子一样扫过大街

抽打着地面的突出物，抽打着发霉的呓语

抽打着摇摇晃晃的人间

绕梦捎带

兄弟，再来一杯

那年你喝的越南米酒里

夹杂了江南的花雕味

现在，我们喝着中国酒

你说有一点西贡的热烈

兄弟，你还没醉

不会忘了点一盘"绕梦捎带"

现在，我们坐在一起

回忆那些年在越南的日子

似乎需要捡起这一段

嵌入进去，人生的积木才能完整

你总是叨念西贡桥的狭小

容不下落日的余晖

大叻的和风，吹不干潮湿的心

西贡河只是艳遇的名词

在顺化，捡起小小的一片城墙

希冀筑出天下的和美

与你在会安邂逅回眸，婉转了

下龙湾的波痕

兄弟，再来一杯

但不要碰响

奥黛上的佩环

（注："绕梦捎带"为越南语蒜蓉空心菜的音译。）

第四辑

看人间

丰碑

有一座丰碑立在天地间

上面刻满了血性的名字

有李大钊、瞿秋白、夏明翰

当黑暗降临，他们的血会燃烧起来

为前行者指路

当大地干涸，他们的血会流淌进山川

让花草滋润，林木茁壮

这是一座鲜血凝成的丰碑

这座碑很重，承载着无数个牺牲者

立在天地间，像一把匕首

刺向虚无和沉寂的夜空

让高高在上的人胆怯

有一座丰碑立在人民心中

上面刻满了温柔的名字

有向警予、秋瑾、江竹筠

她们把柔情酿成乳汁

喂养襁褓中的新世界

屠刀下开出的鲜花

让卑劣者、投机者和虚伪者的丑陋

只能在阴暗的角落里躲藏

这是一座美丽筑成的丰碑

立在人民的心中

如日月之光，照亮人民的胸膛

一百年来

被蚊虫叮咬过，被风雨侵蚀过

被流言溅泼过，被尘埃掩盖过

这座丰碑却根深蒂固

在天地间，在人民的心中

越发高大，越发亮丽

因为，它是由为自由而舍身的灵魂

铸就而成

我仿佛失去了意识

我仿佛失去了意识

钻进冰冷尖锐的石块里

这些石块经由父亲的手，儿子的手，丈夫的手，牧师的手

投向一个母亲，她的黑袍已被拿下

鲜血从头上流出，渗入土地

她将与土地合而为一

她从这块土地长出，最后又回到里面

她是被石块击中流血而死，土地见证了一切

土地变成了红色，与太阳光一道染红这个世界

击杀她的人，与那些坚硬的石头混在一起

每个人都做了坚硬的壳，躲在黑暗中

任凭干燥的风把沙子吹进路人的眼睛

我从这里经过，仿佛一时失去了意识

钻进那些冰冷尖锐的石块里

（注：观影《被投石处死的索拉雅·M》，一时无所适从。）

致敬袁隆平

刚刚小满，稻谷未熟

青黄不接时最令人揪心

你蹲在田畴

查看人间饥饱

把一条条稻穗拨来拨去翻看

你的梦想是让这些稻穗

大得像扫把，把粮仓爆满

这是一个简单的梦想

小时候我也有

那时吃不饱米饭

走过田埂，望着稻穗上的白花

那些细细的花，如同梦的种子

只想快点落地，变成白花花的大米

现在，你蹲在田畴

不再起来

这些没有饱满的稻穗

这些被你抚摸过的稻穗

慢慢低下头，不断接近你

你是父亲

田地是母亲

稻子们围过来

覆盖你的梦

悼袁隆平

一介农夫，劳作于田畴
一粒种子，扎根于土地
用平和换取上帝的奥秘
凭勤劳获得百姓的尊重
这天，山摇地动
这日，江鸣河咽
为人民谋幸福的
人民记得他
为大地洒汗水的
大地接纳他
一个人想着亿万人
亿万人哭着一个人

悼屈原

用艾叶，用雄黄酒

把缠绕在心头的虫蛇驱赶

可总是驱赶不完。我们每年

忙着种糯米，漫山遍野地铺展粽叶

包裹虔诚和寓意，在腹内消化

忙着中进士，投资寺庙，撰写成功学

也在江边叹息

可石头太轻了，绑在身上会漂浮起来

与湘资沅澧的水族一同随波逐流

而开在岸边的兰花，仅仅作为观众

你挂着一副清瘦的胡须

湿漉漉地从历史中走来

风里飘飞的衣袖，如同两支箭矢

射向空洞的世俗

选择这多雨的季节，你把天

问出了窟窿。用一支笔
推开天下虚掩的窗户
现在，我们忙着祭祀
你冷冷地站在高处

月饼

月上西楼

你揽住了。用豆沙、莲蓉、香芋，佐以蛋黄

拓出一个个日子

跨越多条经纬线，把西式的解决方案

投入东方的故事里

让蓝色星球镀上一片月色

刚出烤箱的心意

如同你的年华

圆圆的、嫩嫩的

等待盛开

（注：中秋前夕，得留学回来的年轻朋友自制月饼一盒，精致且味美。感慨记之。）

山龙

穿越崇山峻岭
宛若一束光照亮黑暗

千百年等着你的到来
用群山垒成你的模样

你庞大、光滑、有劲
像皮渡河里的娃娃鱼

不用出声，山民会拿出
腊肉和苞谷烧向你敬奉

在这里的小站歇歇脚
乡人会捧着秦简向你朗诵

（注：老家龙山县动车试运行成功，感慨记之。）

致敬卡夫卡

掉到井里的人
推演天体运行和风云变幻
用圆形或方形的天空

掉到井里的人
可以美美地睡上一觉
直到来打水的人吵醒他

元宇宙与电竞

这个世界太拥挤

时空不够用

"比海宽广的是天空

比天空宽广的是人心"

进入人心，过另一种生活

现实与虚拟孪生通感

楚门的世界之门已打开

我们穿行在两个宇宙

寻找生命的意义

长春花

秋天已到，阳台上的长春花又开花了

开花似乎是它唯一可以做的事

紫色的花朵分成五瓣，像五个女儿

每到微风吹来就叽叽喳喳摇晃

在这个狭窄的阳台，她们做着春天的梦

只要给一瓢水，就会绽放出鲜艳

夜晚降临，我微醺在阳台吹风

她们眨着小眼睛，围在我的周围

而在另外一个空间

客厅电视里正播放阿富汗局势

多山的伊朗高原

长春花是否也在开放

解构

把一只五仁火腿月饼

投入水中熬煮

花生、杏仁、葵花籽、火腿丝

连同包裹它们的面粉分崩离析

一首诗把精神抽掉

词和字纷纷散开

意象跑回它原来的地方

这世间忙忙碌碌的人

用时间熬煮

最后交给一把大火或者微生物

还原为化学元素

马太效应

今年雨水够多了

天仍然整天酝酿下雨的事

公园封闭了，小区封闭了

我和你之间的距离越来越远

从一米到两米

中间的空虚越来越大

正如他们所说

有的要更加有

没有的要更加没有

非洲大蜗牛

大雨过后，人行道上

出现了非洲大蜗牛

它们体形硕大，数倍于夜市摊上的嘬螺

爬行的地面留下厚重的印记

有时伸出长长的脖子东张西望

像是在寻找方向

这些来自非洲大草原的生物

与万年前走出非洲的人类

在这里碰面，共同仰望如血夕阳

里面燃烧着浓浓乡愁

它们爬行在现代文明的水泥路上

用它们的速度

丈量深圳人的脚步

课外班取消以后

周末的公园里

一下子多出很多中小学生

有的随父母一起散步

有的对花草着迷

俯下身子

用手拨开叶片查看纹路

两个女孩蹲在路边

看着地上一只甲虫

甲虫我行我素

奋力攀缘一段树枝

她们对它说话

指挥它爬行

一个女孩说

我好想养一只

另一个女孩说

它听得懂我的话

我从旁边经过

看见了世界的真相

一棵树

一棵树横枝突出

挡住行人的路

伐木工把它砍倒

裁成数截堆放路边

不远处的同伴在林中

茁壮生长

我踩死了一只蟑螂

大路宽阔，阳光

铺在上面

一只蟑螂快速爬行

像赶路要去完成一件事

离我大约两尺远

我追上去把它踩在脚下

回头看见它整个身体粉碎

白的肉与液体分离

褐色翅膀散落旁边

我感觉轻松且有成就

它死于非命，定有

它们自己的解释逻辑

于我，见到蟑螂的第一反应

是必须弄死它

有时用脚，有时用手

因为我们不是同类

因为我们强大

尽管它们大多时候

与我没有利益冲突

尽管它们

也有活的权利

鬼

小时候知道

黑暗中有鬼

用一盏煤油灯

把黑夜熔出一个洞

我们从洞里穿行

按老人的嘱咐

露出胸膛唱歌

就能驱赶鬼

现在

用一城的灯火

把黑夜逼到地下

鬼无处可逃

最后躲进了

人的心里

打扫落叶的环卫工人

打扫落叶的环卫工人

把路上的落叶归于一处

让这些离开母体的孩子

抱成一团互相安慰

树叶还在不断落下

像断不掉的流水

有时，树叶落在他的头上

远远看去

他如同一棵即将光秃的树

林木有序

翠竹山公园的林木

这些年来恣意生长

桉树和相思树凭借竞争力

超过其他树种

公园管理处发出通告

要把这些树木铲除，计 7309 株

换之以红花荷、鱼木、木莲

粉箪竹、铁刀木、木油桐

共计 22794 株

相思树已粗壮成才

砍伐的声音持续一个月

当电锯声响起

人们知道

公园里林木的秩序

正在改变

人约黄昏

傍晚，公园前的广场上
大妈们排队整齐
正随着高亢的音乐跳舞
她们动作整齐划一
像极了一只大蝴蝶

广场边沿的一排石凳
坐满了男人，这些大老爷们
把脖子伸长，各自紧盯着
蝴蝶中的某个部位
如同史前的猎人，伺机徒手搏击
也如同多年前的一个夜晚
牵手走过黑夜时
警惕亮光处的身影

蝴蝶

混迹于尘世中
翕动的翅膀像春天的落叶
在人的肩头，在草尖上
要传达一种神谕

鸟鸣在上空此起彼伏
把这个世界婉转
正如那道云层中的光
把周边照亮

而制造的曲折路径
把我的人生捆绑起来
与一只蝴蝶
进行互动

睡眠

拉上窗帘，把黑暗关住

伸手不见五指，摇头不见五官

眼睛是多余的

蓄养这浓浓的厚重

把身体压下去，压进床垫里

睡眠是唯一可做的事情

并成为黑暗的一部分

而梦，就在这里生长出来

它慢慢吸尽黑暗的养分

直到把世界漂白

听天文学家聊天

时间尺度从亿年到万年

只需要一句话的时间

空间距离从光年到公里

只需要挪动一下脚

人类出现的时间窗口

如同一首交响乐的一个音符

看到的满天繁星

是多少光年前的存在

正如记忆中的你

是年少时街头的一瞥

太阳和月亮

太阳炽烈，不敢对视
会灼伤眼睛

通过月亮的折射
获得的光是温柔的

太阳燃烧自己
地球万物生长

月亮隐藏真相
孵化出诗人

窗

可以有很多形状

方形的、圆形的、菱形的

甚至丹凤眼形的

形状不重要

能打开，半开、全开、三分之一开

能打开也不重要

要含西岭千秋雪，要美人旁立

梳头，凝望，长叹息

要有人匆匆路过，去向远方

大闸蟹

不知犯了什么天规

这些喜欢横向爬行的动物

被五花大绑，丢在池子里

它们嘴里嗤嗤冒泡

像在进行行刑前的祈祷

如同小时候看过的

处决大会上

犯人嘴里咕噜咕噜地响

秋日的螃蟹宴上

人们拿着剪刀和叉子

旁边放的蟹醋很冲

会把一些人的眼泪

熏出来

倾听

我愿把耳朵靠近你
在这个万物萧瑟的秋天
泥土里的声音开始凝固
落叶的敲打，软绵绵地被弹回
那些聒噪的鸟和无病呻吟的蝉
都在结网的窠臼缄默
流水往细微处躲藏
雁阵向南去，羽翼下
空气纷纷后退

我愿把耳朵贴近你的腹部
听遥远的孕期传来的回音

旋转餐厅

四十层楼的顶端

旋转餐厅转动着

三百六十度的风物进入餐盘

此时，一只老鹰在旁边盘旋

与它对视

它眼里有一样的贪婪

星巴克

点一杯咖啡

把一天的时间泡在里面

直到杯子长出嫩芽，散发出

苦涩和甘甜

如一对情侣窃窃私语

如一首老歌低吟浅唱

如我在写无题诗时

凝望着那条美人鱼

白毛猪，白羽鸡

大规模养殖的

都是白色物种

在这个以白为美的时代

我不敢出去晒太阳

自知底色不好

容易生成黑点

有时在孤独的黑夜

用灯光顾自映照

发现自己也是白的

全球变暖

海平面不断升高
南极冰川和格陵兰冰原
在崩塌
冻土层里苏醒了的史前遗物
睁眼看到的世界是一团火
这火要把经纬线烧断
让地球散架

当大海不受陆地约束，海水
就会浇灭这些欲望之火
把苏醒的遗物重新埋进冰层
而那个盒子，也会
再次封住我们

旧石器时代

用河里的卵石做一把斧子
这个被河水浸泡多年的石头
知道水的柔软和坚硬
打造一把有水印的斧子
可以用来砍掉光阴
当人类的光阴被砍去 99% 后
剩下来的就制造枪炮
用战火照亮人类的进程

夹缝生存

从石缝长出来的

有松树，有悟空

能把岩石当营养

穿风为衣，吞雨为血

雾霭为化身

举手与白云比腕力

挺身与山峰争高度

从夹缝中来

自知天空的高阔和大地的深邃

于是弯下身子

护住身边的小草

牛斗

水田里，两头水牛

头抵在一起

牛的主人不敢上前把牛角分开

当一头牛有些弱势后

牛主人使劲牵扯牛绳

企图让自己的牛撤退

围观的人开始出现

这头牛突然又占了优势

牛头抵得更紧了

两头牛的主人各自牵牛绳往后拉

却被牛牵引着在水田里画圈

一头牛刚刚松懈一下

另一头牛又冲上来

两头牛打得更起劲

牛主人都摔倒在水田里

此时

围观群众越来越多
他们注意力不在牛身上
都在看牛的主人
像两只泥猴被牵制着
在水田里表演

陶工坊

地球是圆的
月球是圆的
宇宙里的星球都是圆的

苹果是圆的
蜜桃是圆的
爱情的果实都是圆的

浮动在空气中的脑袋
像一个个圆葫芦
随机漂流

我甚至怀疑，上帝的手艺
是从陶工坊学来的

卡鲁卡鲁

澳大利亚土著话语里的

卡鲁卡鲁

是圆石的意思

这些圆圆的花岗石

分布在澳洲中部的荒野上

像一个个沉默的老头

平静地守望着彼此

露出地表的花岗岩

经过风化水蚀

冷热变化的收缩和膨胀

以及各种化学反应

那些尖锐的棱角

被剥落被修饰

变得圆润和圆滑

这些亿万年的产物
缓慢而持久的过程
被人类所理解和感悟
而打造出圆润和圆滑
只需要几十年
甚至更短

乳齿象的灭绝

冰河期的巨兽

以植物为食

不招惹谁不侵犯谁

岁月静好

徜徉在广袤的草原

考古学家利用科学手段

排除了气候变化和大洪水

是乳齿象灭绝的最后一击

他们通过公象化石中

残留的骨矛进行假设

人类喜欢猎杀成年公象

打乱象群的社会秩序后

年轻公象为争宠打杀

而同归于尽

在没有公象的日子里

母象拖着受伤的腿

回到日益扩张的树林

望着如血落日

咽下了一个物种

最后的哀叹

弃子

我下着围棋

电视里播放着电影

当《小巷之爱》里的

卡特里娜

把自己的孩子遗弃在公园

我正在考虑

将左下边的三颗黑子

弃掉

美好的事物

一块蓝天，草地上的翠绿

一条彩虹连着雨脚与太阳

停歇在荷叶上的蜻蜓

墙边的阴影，开着碎花的植物

一段莎拉布莱曼的歌声

远山上飘过的白云

格子花的裙子

回眸的一个浅笑

有你作为主角的故事

垃圾分类

把发黄的蔬菜叶子、谢了的花瓣
放在一起
把鱼刺、鸡肋和猪下水放在一起
把空洞的盒子、文字死去的纸张
放在一起
把流脓的电池和长着牙齿的药片
放在一起
把焚化的、深埋的、回收的
各归其类

把毛发与皮囊分开
把躯体与灵魂分开
把现在与历史分开
把人
还给来处

最好的事情

冬日最好的事情
是走上楼顶和空旷之地
曝晒被子
让阳光透过细密的织纹
小住下来
用一只有色瓶底作基础
建一所彩色的房子

我们一起住进去
看阳光调皮的奔跑
周围都是透明的
你也是透明的
我的身体长出绿叶
你开出花来
那种晃眼睛的花

道路问题

南宁到深圳的高铁

广西段时速

二百四十公里

进入广州深圳段

时速三百公里

列车没有变

改变的是道路

菩提

刚读了一篇科普文章

地球如一粒尘埃飘在银河系里

我坐在街头的菩提树下

脚边有几粒尘埃般的虫子在爬行

它们快速行进，好像在追寻着什么

我盯着它们看

一粒尘埃停住，似在仰头看我

它应该看到一双铜铃深不可测

它应该什么也看不到

不然，它不会继续赶路

填志愿

一千条路伸向远方

一万个路标在风中摆动

左边是草原，右边是海洋

中间是高高耸立的山峰

孩子，你的选择要如群蚁归巢

跟随主流。但别忘要走走侧道

那里有野花，有独特的山水

有异类的两足动物

有惊奇的美食

当然也有陷阱，有路障

有被遗忘的伤痛

孩子，不管你是去向海洋

还是去向草原

都要试图攀登一下

那座高山，要看看山的另一面

今天要有阳光

今天要有阳光

要在草叶上挂满露珠

让星星在上面玩跳房子

要折一只纸飞机或者轮船

邀请邻居家的小猫周游世界

要去山野采摘浆果。要做一只老虎

回来吓唬二班的男生

要把满嘴的果香印在姐姐的脸颊

让她把蜜蜂招来

要把彩笔送给彩虹，画一个梦

要让蜻蜓放慢速度，不打扰满池的睡莲

今天要有阳光

但不要晒干雨水

要有影子，看它快速长胖长长

把今天的阳光和其他

都收集起来

做成一罐糖果，要带在身边

说谎的人

站在中央
周围都是观众
用喊话筒讲话
口水从铁皮边缘流出
句子从喇叭口一长串一长串
藤蔓般生长，如一条条鞭子
打在观众身上
有时句子开出花来
迷幻般的香气，让花痴
释放出丰盈的荷尔蒙
"一切归于尘土"。有人
低头走开

力量

机场的中转候机室

空气突然被膨胀起来

一个六七人的老年团

呐喊，激动，像一群从春天来的鸟

窗户捂住耳朵，想隐去自己的影子

椅子也颤抖着，矮下去两分

免费开水处挤满了人，不一会儿

方便面的味道弥漫了整个大厅

如同年轻时捣毁破庙，当尘烟快速上升之时

阴影盖过满天的星星

在国外行军的这班老人

做起事来仍铿锵有力

沉默

七十多岁的刘篾匠
久卧病床，勉强起来
到后山把几棵竹笋挖出来
包好后，寄给在城里
塑料制品厂打工的女儿

他把整座竹山摁倒
不发出一点响声

模特

在广州东站的
出租车等候处
排起了长长的队伍
人们都戴着口罩
除了两个外国人
一男一女
他们抽着烟
恣意地笑
女孩瘦削
脸只有巴掌大
像是从橱窗里
跑出来的模特

安检

地铁入口安检

背包手提包都要过 X 光

看到电脑上过检的东西

抽离掉了多余的内容

只剩下一副副骨架

与医院体检时

看到的人的骨架一样

那些抽离掉的隐形物

不知道是否更加危险

鸟语

天没亮

几只小鸟就开始鸣叫

其中一只声音洪亮

不断重复几句话

好像新闻联播

如果我会鸟语

此时会插进广告

鸟瞰

从城市上空往下看

一栋栋住宅楼

像一只只倒挂的蜂窝

大白天了

也没有工蜂

从里面飞出来

无题

在隔离小区

一只小鸟从树上飞到地面

跑了几步

又赶快飞到树上观望一下

反复几次

最后

无聊地飞走了

春梦

收拾好阳台
让事物井然有序
刨开花盆里的土
埋下花的种子

我要日出而作
日落而息，然后做梦
这段时日
除了春梦
无梦可做

风中的蜡烛

是的，你燃烧过
寒夜里点亮了一片空间
可强风正劲
要摘去你的火苗
你站立又倒下，倒下又站立

你终于还是熄灭了
在寂静的土地上

曾摇曳过的火苗像小手
在召唤谁
空旷的原野里
有夜行人

战争从未远去

地铁在地下穿行

车上的人都拿着手机

听歌，玩游戏，刷新闻

车轮滚滚中

我仿佛看见

每人手上拿着的

是一把手枪

花样滑冰

跳跃、旋转、滑行

在如镜的冰面上

燕子、天鹅、天使在飞翔

身体伸展、卷曲

像一朵朵盛开的雪莲

对抗着冰川期的冷酷

那些来自内心的声音

悲伤的、欢快的、舒缓的、激越的

回响在整个空间

当托举、抛举，缠绵在一起

美凝固了，融化了

在孤独的蓝色星球上

人类用肢体呼唤着温暖

注意安全

元宵夜，月明如昼

人间万家灯火

姑娘低头，从竹林过

至暗处

竹梢摇头

那年甄英莲走失

也在月下

锁链

锁链由铁圈环环相扣

套在脚踝上，失去行走

套在脖子上，失去语言

套在人心上，失去灵魂

套在民族上，失去独立

锁链是人造的

是一些人希望把另外一些人

物种改变

修表人

放大镜戴在眼睛上

可以看透这个世界

那些不动了的表，停在了某个时刻

修表人重新把故事连接起来

看他拨弄时针、分针、秒针

把时间进行分解

如同切割不完整的人生

当把时间回拨

让世界再次转动

历史与他一同回到现实

他的头发

从青丝变成了白发

放虎归山

虎年伊始，翠竹山里满是孩子
他们奔跑，嗅花草，大声吵闹
这个山好像就是为他们立的
他们从教室出来
什么也没带

我进山，只是闲逛者
他们进山，是老虎

猫眼

天气寒冷，我去到山里
一只野猫蹲在路边石板上
它皮毛稀疏，身子瑟瑟发抖
我从它身旁经过，只是路人
我们互相打量
有一刻时间，我们对视起来
我看到猫眼里有一个宇宙
宇宙深邃，里面埋有火种

包饺子

包饺子是一种技术活

妻子先做示范

把面皮两边提起

再沿边折出皱褶

一会儿后

一个元宝出来了

我以样模仿

包出了许多饺子

它们有的像打盹的老虎

有的像断了尾巴的蛇

有的像光溜溜的幼鼠

有的像大肚子毛毛虫

我用满桌的元宝

换来一群

野生动物

4S店

布局还是原来的样子
只是椅子少了一些
原来人潮涌动的销售部
现在没有一个人
就像被遗忘的红灯区
那些光鲜亮丽的新车
落魄般静立
彼此观望
音乐从角落响起
打发空虚的时间

暮春落叶

暮春，花事已歇，满眼都是浓绿

一些树叶散落地上

像都市里的流浪者

此时，天空里彩云散开

我踩在落叶上，发出沙沙声

这些没经历盛夏就早落的叶片

仿佛在呻吟

又仿佛在颂唱

母亲节

翻出相册

三岁时坐在小板凳上

与幼儿园的同学齐声唱歌

胖嘟嘟的脸上满是幼稚

十八岁时穿着红衣服

昂起头脸上挂着傲气

三十岁时抱着刚出生的女儿

脸上全是温柔

现在她坐在我身边

脸上笼罩着光晕

刚才女儿从遥远的异乡

发来母亲节问候

我看到她的脸迅速往回长去

三十岁，十八岁，三岁

黏人草

小时候最讨厌这种草
从山里出来，满身都是
它们粘在衣裤上
甩也甩不掉，一个一个地摘
很是麻烦

长大后进了城
以为再也不会碰到它们了
当一次次被命运摔打之后
蓦然发现
自己已成为一棵黏人草

石器时代

小时候，玩石头

用石块砸核桃和板栗

砸开外壳，露出里面的肉色

如同看见女人的身体一样兴奋

用石子打水漂

看凌波微步产生的涟漪瞬间消失

听钢琴曲《孤勇者》

孤勇者仗剑荒野

日头是黑色的，风吹过水面

发出呜咽

衰草挣扎着站正身子，又倒下

一股巨大的悲伤

从体内发出

覆盖了整个空间

他向前每挪动一步

血就从脚底汩汩流出

沉默的土地

从黑色变成红色

练习吃土

从生鲜超市

买了一把

南瓜叶苗

毛糙的叶子里

粘了很多泥

回家洗了五遍

以为干净了

炒熟后

妻子吃出了异样

她讥讽道

你这是让我们

练习吃土

谷雨

雨下来了一些
可是没有落在谷苗上
它们往城市拥挤
那里炙热煎熬
半途就被蒸发掉
或者钻进人的眼睛里
从眼睛落下的
变成盐碱地

在这个缺雨少水的春末
我独自来到海边
期望呼出的一口口气
能把这满池的咸水
净化后交给稻谷
让它们自由生长
与人类相依为伴

贝类

背一个壳，封闭住外面风高浪急

即便闪电击打窗户

也在梦想中歌唱

成堆成堆地攀附礁石，用变形的身体

每一次潮汐涨落，都是一次狂欢

海水留下的狼藉

掩盖不了颂词

它们依附于礁石，最后变成礁石

落花

路边一棵木油桐开满了花
把头都开白了，没有人注意

天暗下来。一个人从路上走过
眼里含有泪水
梧桐花纷纷落下
铺在她前面

花落时没有声音，轻轻着地
和她一样
怕触痛春天

柳树

每日清晨，老人定时到江边

拉开架势打太极

他的刀剑挂在旁边的柳树上

一套动作下来，必定江山飘摇

柳丝笼罩烟雨

很长时间，老人没来了

柳树身上的兵器库空空荡荡

现在去江边

只见柳树披头散发，对着旷野长啸

其云手拂过水面

涨起一江春潮

太阳底下的事

太阳悬在高空，放出光和热
这个火球一边制造生命
一边毁灭物种
它覆盖下的生灵
有的对它顶礼膜拜
有的不以为意

太阳底下的事
无外乎水田里抓泥鳅
挑一担柴火下山
高楼上搭脚手架
行走在去医院的路上

晚霞中的白鹭

白鹭立于水面或者树上

是岁月静好

一旦飞起来，就会掀起风暴

当西边的晚霞如火

白鹭飞进去，像一个消防员

出来时却变成一匹飞马

我看到马腿修长

鬃毛耸立，像发怒的头发

翅膀张开成芭蕉扇

欲把火势扑灭

这一情景是在深圳公园所见

如果其他地方

看到的是燃烧的向日葵

山路

清明节傍晚，一个人上山
路灯亮起来，出现了许多影子
这些影子如满山的生灵
不发出一点声响
那些鲜艳的植物
紧捂着身子
竹子聚集在一起，默默垂头
这座山不大，像一座坟茔
万物在里面流逝
我如同走进公墓的人
摘下一朵白花戴在胸前

下山时遇到几个人
他们一边走走停停
一边比画着
争论这条山路的目的地

石头

一直沉默

不管世事如何变化

不语是它唯一的秉性

在风推动的各种运动中

它只做旁观者

直至风暴来临

才发出怒吼。飞沙走石

砸烂这个世界

鸳鸯茉莉

在路边，芬芳汹涌

如春潮弥漫四月

一丛丛地开放，牵手搭伙

营造花的尘世

蓝色与白色构成两性社会

加入的蝴蝶

成为粉饰者，掩盖了许多流言

我摘了蓝白两朵

放进贴胸衣袋

回家一看，它们已钻进皮肤

从此以后

我的身体游着一对鸳鸯

那浓烈的花香

自我体里散出

困兽

动物园里的猛兽

在铁笼里天天数脚步

从栅栏到墙壁是五步

左墙壁到右墙壁是八步

灯光昏暗，打盹与清醒

没有明显界限

有时追自己凌乱的影子

幻想着那是曾经的她

有时咬住自己的尾巴

与自己做追杀游戏

偶尔也做梦

尽管分不清白天和黑夜

总是奔跑

沿着河流，河里映出雄姿

向山巅跑，风梳理着毛发

发出的几声咆哮

如电闪雷鸣

站在山头

看太阳初升

正恣意忘形之时

饲养员拿着体检器具

撞响了铁门

但愿只是梦

天暗下来，空气中飘浮着

灰蒙蒙的物质

正如此刻的心情

瘟疫、战争和空难

折磨着心肌不断扩张，又

猛烈地收缩

身体内的阳光被掏空

跌入幽冥地界

黑暗中仿佛有人在丛林里奔跑

后面尾随着一团黑雾

黑雾不断从他的身体发出

像流不完的河水

他奔跑，杀剑齿虎，杀猛犸象

也杀同类

最后，地球上只剩下他一人

复归宇宙的寂静

桃花

天气忽冷忽热

几天前穿上短袖

现在又把棉袄找出来

我担心后山的桃花

本已开在三月

几声惊雷响起

那些刚张开的花瓣

不知该怎样收藏

困在春天里的人

外面，万物生发
越过栏杆，风钻进小草
这些卑微之物
于是知道了春天的消息
如同困在春天里的人
通过互联网和阳光的倾斜
感受到大地在颤抖

春天只是一个名词
因为封闭
打造成一座牢笼
梦幻中的长长人流
如同一条条锁链
把春天越系越紧

血管接入水源

得了过敏症

到医院打吊针

吊瓶高高在上

像一座水库

我的血管接入水源

打开阀门

药水排好队

顺流往下滴落

每一滴下去

对付一个敏感分子